NOVE
PEACE

Direzione della collana per l'edizione italiana: Sabina MAGGI
Traduzione e adattamento: Colomba SCOTTI


Stampato nello stabilimento litografico Larus-Print in Bergamo
Settembre 2000

# IL TUO PRIMO LIBRO DELLA STORIA

Ideazione:
Émilie Beaumont

Testi :
Marie-Renée Pimont

Illustrazioni :
M. I. A. Isabella Misso
Sophie Toussaint
Isabelle Rognoni
Severino Baraldi



LARUS

Edizioni Larus S.p.A. - Via Zanica,58 - 24126 Bergamo - Tel. 035.313.128 - Fax 035.314.315
www.edizioniLarus.com

# LA PREISTORIA

## AL TEMPO DELLA PREISTORIA

I primi uomini vivevano di caccia, di pesca e dei prodotti che la terra offriva spontaneamente. Quando il nutrimento incominciava a scarseggiare, si spostavano verso nuove terre.

Dopo la caccia, gli uomini rientrano all'accampamento. Le tende sono fatte di rami d'albero ricoperti di pelli di animali.

L'uomo pesca con una lunga lancia dalla punta affilata.

Le lance dei cacciatori di renne sono munite di una punta di selce.

Gli uomini preistorici si riunivano anche nelle grotte. Poi hanno incominciato a costruire i villaggi, a coltivare i campi e ad allevare gli animali.

Questi artisti si trovano in fondo a una grotta. Si fanno luce con una torcia per incidere e dipingere dei disegni sulle pareti. Sono disegni che rappresentano gli animali catturati durante la caccia: cavalli, bisonti, tori…

Questi uomini vogliono impadronirsi del villaggio. Lanciano frecce infuocate sui tetti di paglia delle case di legno.

## L'INVENZIONE DELLA SCRITTURA

Per comunicare fra loro gli uomini hanno inciso dei segni sulla terra o sulla pietra: la scrittura è nata. E in quel momento è finita la preistoria.

Un mercante prende una palla di terra e una canna. Vi incide una testa di bue, una testa d'asino, una spiga d'orzo... Accanto, disegna bastoni o cerchi per indicare il numero. Potrà così ricordarsi di ciò che compra o vende.

Vuoi tracciare segni simili a quelli dei nostri lontani antenati? Prepara una superficie piatta con la plastilina. Con un bastoncino incidi questi disegni che significano: una testa di bue, sei campi di grano, una donna e un bambino. Inventa altri disegni!

# L'ANTICHITÀ

## NELL'ANTICO EGITTO

Il faraone era il re dell'Egitto. Il suo paese era ricco grazie al lavoro dei contadini e alle miniere d'oro e di pietre preziose.

Ogni egiziano che si presenta davanti al faraone si inginocchia ai suoi piedi. I contadini devono consegnargli una parte del raccolto.

Il faraone sfila su un carro da guerra per ricordare ai sudditi che egli possiede un esercito potente, spesso in lotta con i paesi vicini.

## TEMPLI E PIRAMIDI

Gli Egiziani veneravano il faraone come un dio. Dopo la sua morte ne deponevano il corpo al centro di un'alta piramide.

In occasione delle feste, si portano in processione le statue degli dei. Gli Egiziani portano offerte e interrogano gli dei per conoscere il futuro. Se la statua si piega in avanti, la risposta è affermativa. Se si piega all'indietro, la risposta è no.

Migliaia di operai lavorano alla costruzione delle piramidi: tagliatori di pietre, scultori... Il cantiere dura a volte più di 30 anni.

# LE MUMMIE

Gli Egiziani trasformavano in mummie i corpi dei morti. Li avvolgevano in fasce prima di trasportarli nelle tombe.

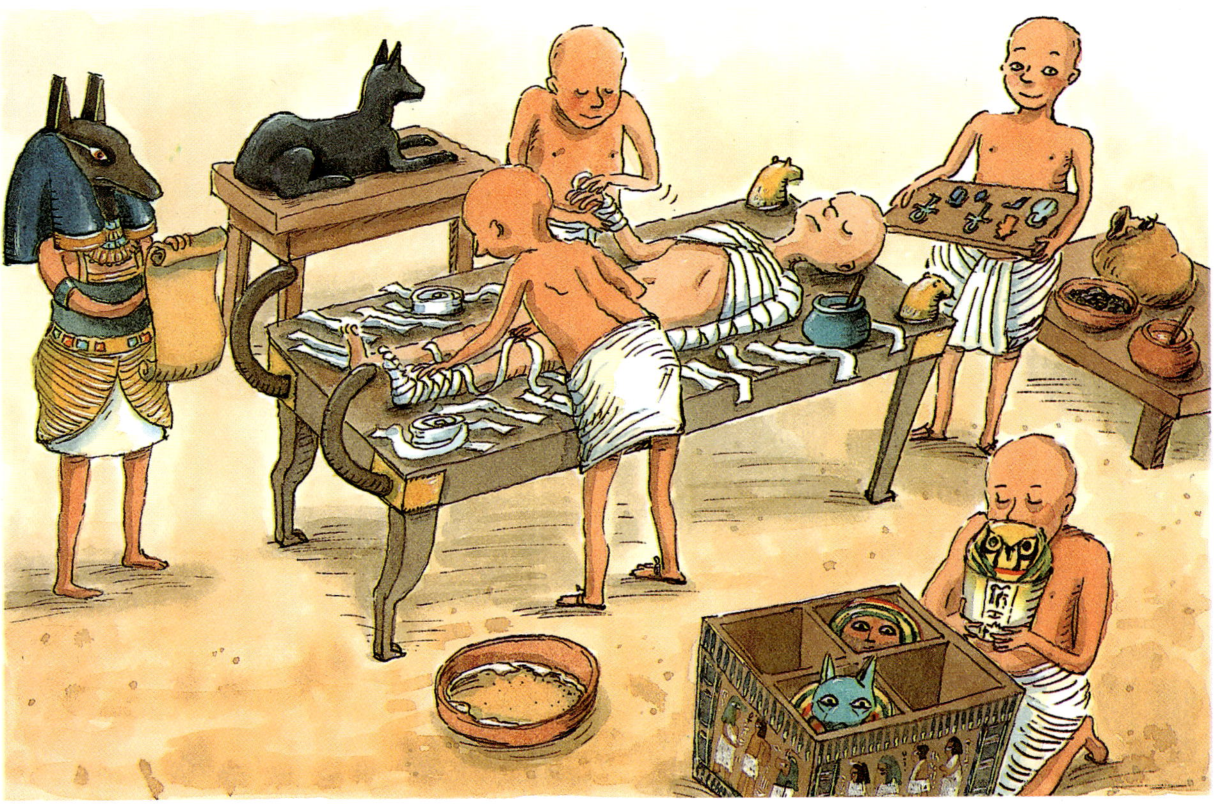

Il sacerdote che dirige l'imbalsamazione porta la maschera di un dio dalla testa di sciacallo. Sotto le fasce vengono inseriti i gioielli del defunto.

Nei templi e nelle tombe si sono trovate molte mummie di animali: gli Egiziani pensavano che gli animali accompagnassero i loro padroni dopo la morte.

## TUTANKHAMON, IL FARAONE BAMBINO

Tutankhamon è morto giovane. Gli archeologi hanno scoperto la sua tomba, ancora piena di mobili e di gioielli preziosi, 3 200 anni dopo la sua morte.

Tutankhamon diventa faraone d'Egitto all'età di nove anni. Il suo popolo lo venera come un dio. I consiglieri lo aiutano a governare. Il faraone porta i simboli della potenza dei re d'Egitto: il cobra, lo scettro, la frusta.

Alla sua morte, la mummia di Tutankhamon è deposta in una serie di bare poste l'una dentro l'altra e sistemate alla fine in un grande sarcofago di pietra. La testa del faraone è coperta da una magnifica maschera d'oro tempestata di pietre preziose.

# IN UNA CASA EGIZIANA

Ecco la casa di un ricco Egiziano. Per mantenervi una temperatura fresca, la casa era bianca aveva aperture piccole.

Dopo aver dormito al fresco sulla terrazza, i bambini giocano al pallone. Un servo cucina nel cortiletto, un altro si occupa degli animali.

I padroni si facevano servire oca arrosto, pasticcini e frutta. Ammiravano le fanciulle che danzavano al suono del liuto e dei tamburelli.

I giochi dei piccoli Egiziani sono simili a quelli dei nostri giorni, ma le trottole, le pedine della dama e persino le bambole sono di terracotta.

## LA VITA SULLE RIVE DEL NILO

Gli Egiziani vivevano in villaggi costruiti sulle rive del Nilo, uno dei fiumi più lunghi del mondo. Il resto del paese era desertico.

Gli Egiziani non hanno né monete né banconote. Perciò scambiano le merci, per esempio un dolce in cambio di un giocattolo.

Ogni primavera, l'acqua straripa dal letto del fiume: è la piena. Quando l'acqua si ritira, la terra è diventata ricca e fertile.

Il grano si miete e si sistema al riparo in grandi granai. Gli asini trasportano cesti pieni di meloni o di cetrioli.

# A SCUOLA DAGLI SCRIBI

Soltanto i figli dei principi e degli scribi imparavano a leggere e a scrivere i geroglifici. Questa parola significa “scrittura sacra”.

Ogni tavolozza contiene inchiostro rosso, inchiostro nero, pennelli, un raschietto e un lisciatoio. Gli alunni scrivono su tavolette di calcare ricoperte di gesso. I più bravi possono scrivere su una specie di carta fabbricata con le fibre di una pianta: il papiro.

1.I fusti del papiro vengono tagliati.
2.Si toglie la corteccia.
3.Si taglia l’interno a strisce.
4.Le strisce vengono sovrapposte.
5.Si coprono poi con un telo e si martellano finché aderiscono fra loro formando un solo foglio.

## NELL'ANTICA CINA

I primi Cinesi pensavano che il loro paese occupasse il centro dell'universo e che il loro imperatore fosse guidato dalle potenze celesti.

Un visitatore straniero si inchina davanti all'imperatore.

I Cinesi si servono di bastoncini per mangiare il riso.

Questa famiglia vive in barca e naviga sui canali.

Il medico cura infilando nella pelle aghi molto sottili. È l'agopuntura.

## IL PRIMO IMPERATORE DELLA CINA

Era potente e crudele! Ha fatto costruire palazzi sontuosi. In uno di essi la sala da pranzo era lunga un chilometro.

L'imperatore ha fatto costruire la Grande Muraglia cinese per fermare gli invasori. È tanto lunga e tanto alta che è possibile vederla anche dalla Luna. I Cinesi dicono che ogni pietra è costata la vita di un uomo!

Vicino alla sua tomba sono state ritrovate circa 7 000 statue di soldati. A quell'epoca si pensava che avrebbero protetto l'imperatore nell'aldilà. Non si sono mai viste statue simili. Erano tutte dipinte, ma i colori sono oggi scomparsi.

# LE TRADIZIONI CINESI

Il sistema di scrittura inventato nell'antica Cina è ancora in uso ai nostri giorni. E anche oggi i Cinesi continuano ad allevare i bachi da seta.

Da molto lontano, mercanti stranieri giungono in Cina per comprare, in cambio di oro e di pietre preziose, un tessuto favoloso, la seta, della cui fabbricazione i Cinesi sono i soli a conoscere il segreto. La seta è tessuta con il filo del bozzolo in cui alcuni bruchi, i bachi da seta, si nascondono prima di trasformarsi in farfalle.

Alcuni Cinesi imparano l'arte di scrivere bene: la calligrafia. Con bastoncini, pennelli e inchiostro di china, riproducono alcuni dei numerosi segni chiamati ideogrammi.

# UNA CITTÀ GRECA

I Greci vivono in un paese montuoso, circondato dal mare. Nelle città abitavano gli uomini liberi, le loro famiglie e i loro schiavi: uomini che si potevano comprare o vendere.

Al mercato, ogni bottega è gestita da una famiglia e dai suoi schiavi. Questa signora sceglierà un vaso finemente decorato.

Gli uomini liberi si chiamano “cittadini”. Si riuniscono sulla grande piazza, l’“agorà”, per discutere i testi delle nuove leggi.

Gli Ateniesi si recano spesso sulla collina dell'Acropoli che domina la città e sulla quale sono stati costruiti numerosi templi. Portano offerte alla dea Atena, protettrice della città

Il tempio più grande si chiama Partenone. Sull'altare della dea Atena, i Greci sacrificano capre e vitelli.

I Greci organizzano spettacoli teatrali. Seduti sui gradini dell'anfiteatro, ascoltano gli attori che recitano con il volto coperto da una maschera.

# IN UNA CASA GRECA

Le donne e le fanciulle delle famiglie ricche vivevano al primo piano della casa, gli uomini e i ragazzi al pianterreno.

Fin da bambine, le ragazze imparano a filare e a tessere la lana.

I ragazzi portano una corta tunica, stretta da una cintura.

Sull'altare di casa, la famiglia fa le sue offerte agli dei.

I bambini non hanno sapone: si puliscono strofinandosi con l'olio.

Le pareti erano decorate da motivi dipinti: gli affreschi. L'arredamento era semplice. Per mangiare ci si stendeva comodamente sui divani.

I Greci più ricchi organizzano pranzi favolosi, i banchetti. Le sole donne presenti sono danzatrici o musiciste.

Quando escono, i Greci indossano un mantello sulla lunga tunica.

I Greci camminano a piedi nudi o portano semplici sandali.

# GLI STUDENTI

Le ragazze rimanevano a casa. Solo i figli degli uomini ricchi andavano a scuola. Lo sport, la musica e la poesia non venivano certo trascurati.

Il “pedagogo” è lo schiavo che accompagna il bambino a scuola.

I giovani Greci imparano a leggere, a scrivere e a suonare la cetra.

Il figlio del vasaio farà il mestiere di suo padre. Non frequenterà mai la scuola.

Nella palestra, i più grandi si allenano nella lotta e nel salto.

## DEI ED EROI GRECI

I Greci credevano nell'esistenza di numerosi dei. Li celebravano con processioni e competizioni sportive.

Ecco Zeus, il re degli dei; Atena, la dea della sapienza; Poseidone, il dio del mare; Apollo, il dio della luce e delle arti.

Eracle è un eroe coraggioso. Ha domato un leone ferocissimo.

Legato all'albero, Ulisse resiste ai richiami di strane creature.

# IL LABIRINTO DEL MINOTAURO

Si racconta che il re di Creta, Minosse, tenesse rinchiuso il Minotauro, un essere metà uomo e metà toro, al centro di un labirinto.

Ogni anno gli Ateniesi devono consegnare quattordici fanciulli Greci al Minotauro, che li divora. Una volta, Teseo si offre di accompagnarli.

Arianna, la figlia del re, consegna a Teseo un gomitolo di filo da svolgere nel labirinto per non perdersi. Teseo uccide il Minotauro e ritrova l'uscita.

# I MARINAI GRECI

I Greci erano bravi marinai. Partivano per terre lontane a cercare merci. Alcune navi da guerra li proteggevano dai pirati.

Questa nave da guerra avanza grazie al vento che gonfia le vele e al lavoro dei rematori. Un uomo, dal ponte superiore, dà il tempo.

In cambio del vasellame e dei gioielli, i marinai greci riportano vino e olio in grandi vasi d'argilla: le anfore.
All'arrivo delle navi i mercanti espongono le loro merci vicino ai banchi dei pescatori.

# I GIOCHI OLIMPICI

Ogni quattro anni, si svolgevano giochi in onore degli dei nella città di Olimpia. Tutte le guerre in corso tra le città si interrompevano per l'occasione.

Gli atleti si mettono sotto la protezione del dio Zeus e sfilano davanti al suo altare.

Incitati dalle grida degli spettatori, i corridori fanno il giro dello stadio.

La corsa con le armi è una delle numerose prove dei Giochi Olimpici che danno fama ai vincitori.

I pesi aiutano l'atleta a conservare l'equilibrio per il salto in lungo.

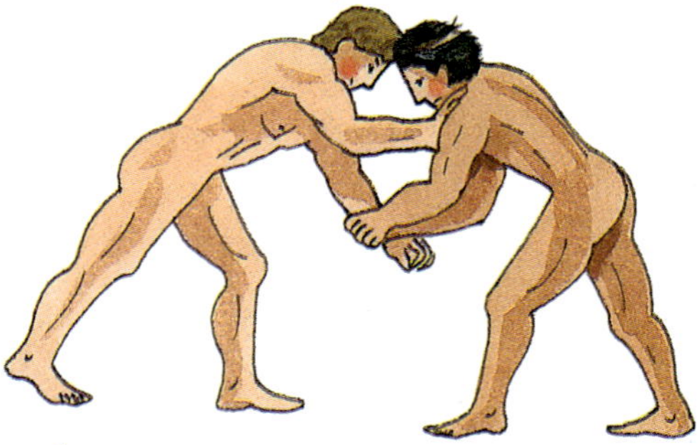

Ogni lottatore tenta di far cadere a terra l'avversario e di immobilizzarlo.

Il giudice consegna solennemente al vincitore una corona d'ulivo.

# UN VILLAGGIO GALLICO

Molto tempo fa, la Francia si chiamava Gallia. I Galli costruivano case di legno e di malta, un miscuglio di fango e paglia.

## IN UNA CASA GALLICA

La casa era composta da una sola stanza. I Galli dormivano su pelli di animali distese sul pavimento o su panche di legno.

La mamma tesse una coperta di lana mentre i bimbi giocano con gli aliossi o con la bambola.

Questo neonato è stato fasciato e deposto in una culla di legno.

Niente frigorifero! La carne viene conservata per mezzo del sale.

## LAVORARE NEL VILLAGGIO

Alla fine dell'anno, il druido tagliava il vischio con un falcetto. Anche oggi c'è l'uso di scambiarsi gli auguri per il nuovo anno baciandosi sotto un mazzo di vischio.

Il druido è il grande sacerdote e anche il medico del villaggio.

Per arare il suo campo, il contadino attacca i buoi all'aratro.

Con il legno ci si riscalda, si fabbricano i mobili e gli scudi!

Il cacciatore ritorna a casa con la selvaggina.

## LE FESTE DEI GALLI

Molto spesso i Galli organizzavano banchetti. Mangiavano cinghiale e bevevano vino o birra preparata da loro, la cervogia.

Per accompagnare le poesie e i canti, il bardo suona la lira. I Galli amano molto le sue storie di guerra o di caccia.

I Galli sono ottimi cavalieri. Si esercitano a cavalcare fin da bambini. Da grandi, si sfidano nelle corse di carri.

## VERCINGETORIGE, UN CAPO CORAGGIOSO

Vercingetorige si è battuto con coraggio contro gli invasori romani, ma ha perso. Allora, la Gallia è diventata romana.

Per proteggersi, i guerrieri galli indossano una cotta di maglia di ferro, un elmo e un grande scudo di legno di forma ovale. Portano una spada fissata al fianco destro e impugnano una lunga lancia di ferro. Alcuni combattono a cavallo.

Dopo essere stato sconfitto ad Alesia, Vercingetorige getta le armi ai piedi del romano Giulio Cesare in segno di resa. Per dimostrare a tutti di essere il vincitore, Cesare fa il giro della Gallia con il prigioniero. Poi lo porta a Roma e lo rinchiude in prigione per sei anni.

## UNA CITTÀ ROMANA

I Romani hanno conquistato un territorio immenso. Ai giorni nostri Roma non possiede più un impero, ma è la capitale dell'Italia.

È giorno di mercato. Su una pedana posta in mezzo ai banchi delle merci sono incatenati alcuni schiavi. Saranno venduti al miglior offerente.

Se gli schiavi dimostravano fedeltà e voglia di lavorare, dopo qualche anno i padroni accettavano di restituire loro la libertà.

I Romani si recano spesso ai bagni pubblici. Fanno bagni d'acqua fredda, d'acqua tiepida o bagni di vapore.

Dopo una vittoria, i Romani costruiscono un arco di trionfo.

Su una grande piazza, il foro, i cittadini si incontrano per parlare della città.

## UNA BELLA CASA ROMANA

I Romani molto ricchi avevano belle case in città e ville in campagna. Ma la maggior parte viveva in un appartamento.

Una facciata della casa dà sulla strada. Un fornaio vi svolge la sua attività. I muri esterni non hanno finestre, così i ladri non possono entrare.

Durante i banchetti, tra gli antipasti e il dolce, venivano proposte agli invitati fino a sette diverse portate!

Questa giovane signora si trucca e si profuma. Porta una collana d'oro e graziosi orecchini.

Gli uomini indossano corte tuniche che coprono con la toga, le donne lunghe tuniche con uno scialle.

I ricchi romani si stendono su divani per mangiare. Sono serviti dagli schiavi.

Una fanciulla canta accompagnandosi con la cetra.

# I GIOCHI NELL'ARENA

Il Colosseo era un immenso anfiteatro. Vi si poteva assistere a spettacoli offerti dall'imperatore o dai Romani molto ricchi.

Seduti su sedili di pietra disposti a gradini, i Romani si appassionano agli spettacoli di animali venuti da lontani paesi. A volte gli animali sono lasciati parecchi giorni senza nutrimento e combattono fino alla morte nell'arena.

I criminali o le persone che osano opporsi all'imperatore vengono a volte dati in pasto ai leoni affamati sotto gli sguardi degli spettatori. Succede anche che i cristiani che non vogliono più credere negli dei romani siano condannati a questo supplizio.

Moltissimi spettatori venivano a vedere i gladiatori che combattevano fra di loro. I Romani si appassionavano anche alle corse di carri.

Il conducente, chiamato “auriga”, guida un piccolo carro a due ruote trainato da cavalli veloci. Percorre sette volte la pista.

I gladiatori sono spesso prigionieri di guerra. Quando l’imperatore alza il pollice, significa che il perdente ha salva la vita.

# A SCUOLA

Ragazzi e ragazze delle famiglie ricche andavano a scuola fino a dodici anni circa. Poi i maschi continuavano a studiare con un professore.

Un bambino impara a contare su un pallottoliere. Un altro incide alcune lettere su una tavoletta di cera. Altri leggono un rotolo di pergamena.

Questo gioco che piace tanto ai ragazzi romani è l'antenato della dama.

Questi bambini giocano con il cerchio, lanciano dadi o aliossi.

## L’ESERCITO ROMANO

I soldati prestavano servizio nell’esercito per vent’anni. Vinsero molte battaglie e l’impero romano divenne immenso.

Il legionario si protegge con un elmo, una corazza e uno scudo.

Le navi da guerra difendono le coste di tutto l’impero.

La catapulta lancia grosse pietre nell’accampamento nemico.

I soldati sono protetti da ogni lato nella formazione della “tartaruga”.

# UN PESCE A MOSAICO

Divertiti a creare un mosaico decorativo come facevano i Romani.

Procurati della pasta da modellare di colori diversi

coltello di plastica

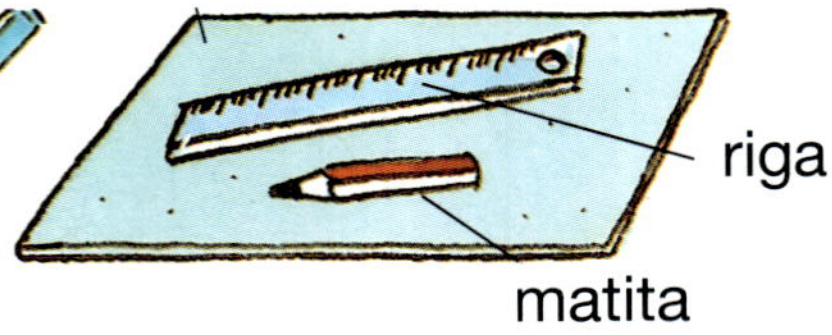


cartoncino di 21 x 29,7 cm

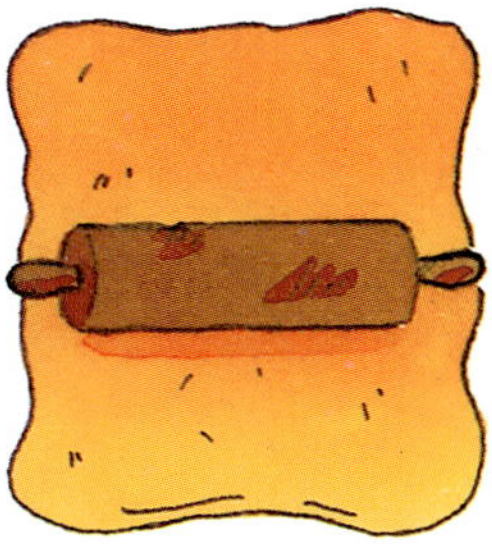

Stendi la pasta in modo da ottenere una superficie piatta spessa 5 mm.

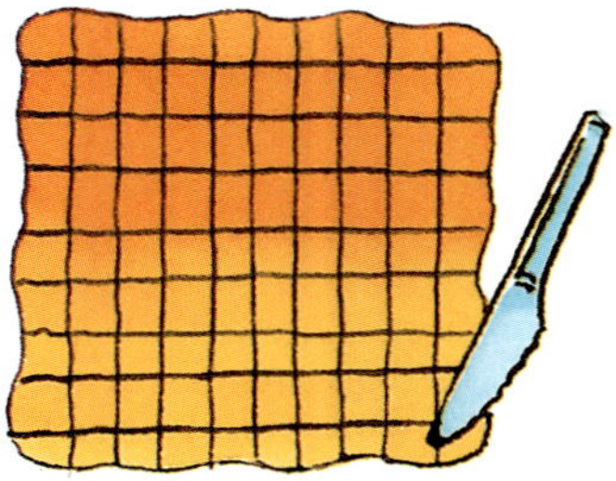

Fatti aiutare da un adulto e taglia con il coltello dei quadretti di 1 cm di lato.

Fai la stessa cosa con gli altri colori.

Per l'occhio del pesce, incolla un piccolo cerchio azzurro su un quadretto bianco.

Con la riga e la matita, dividi il cartoncino in quadretti di 1 cm di lato. Numera i quadretti sia in orizzontale che in verticale. Disponi e incolla i diversi quadratini colorati aiutandoti con il modello e con i numeri. Esempio: 1 orizzontale – 1 verticale = giallo. Ritaglia i bordi di cartone che escono dal mosaico e lascia asciugare.

# IL POPOLO EBREO

La storia degli Ebrei è raccontata nella Bibbia, il libro del "popolo di Dio". Gli Ebrei sono i primi a credere in un solo Dio.

L'antenato degli Ebrei, Abramo, ascolta la voce di Dio che gli chiede di partire con la sua tribù. Abramo va fino in Palestina. Più tardi, spinti dalla carestia, gli Ebrei raggiungono l'Egitto e là vivono felici finché sale al trono un faraone che incomincia a maltrattarli.

Mosè sente la voce di Dio che gli chiede di condurre il popolo ebreo fuori dall'Egitto. Durante il cammino, gli Ebrei si accampano davanti al mare e gli Egiziani li raggiungono. Allora Mosè alza il suo bastone, le acque si separano e gli Ebrei passano a piedi asciutti.

La Palestina, dove si stabilirono gli Ebrei, subì molte invasioni. Molti di loro si trasferirono all'estero. Continuarono però a praticare la loro religione, il giudaismo.

Dopo aver attraversato il deserto, gli Ebrei arrivano nella Terra promessa. Sono divisi in dodici tribù, ognuna delle quali è diretta da un capo. Molto tempo dopo, Davide diventa re di Israele. Suo figlio Salomone fa costruire il tempio di Gerusalemme.

Nei racconti della Bibbia i profeti annunciano la venuta di un Messia che salverà il popolo ebreo. I cristiani lo riconosceranno in Gesù, nato a Betlemme. In tutti i paesi cristiani, l'anno 1 della Storia corrisponde alla nascita di Gesù.

# IL MEDIOEVO

## L'IMPERATORE CARLO MAGNO

Tutti gli uomini dovevano obbedienza e fedeltà a Carlo Magno. I suoi inviati controllavano che le leggi fossero conosciute e rispettate.

Carlo Magno combatte per ingrandire il suo territorio.

Si fa incoronare imperatore di Occidente dal papa nell'anno 800.

Carlo Magno istituisce delle scuole presso i suoi palazzi.

Incoraggia i monaci a scrivere e a illustrare bellissimi manoscritti.

# I VICHINGHI

I Vichinghi erano guerrieri terribili. Partivano spesso dalle loro terre del Nord per attaccare e saccheggiare i paesi ricchi.

Il villaggio è circondato da prati e da campi. I tetti delle case sono coperti di zolle erbose. La casa più grande è quella del capo.

Per fare la guerra i Vichinghi si spostano con navi leggere chiamate drakar. Per trasportare le merci preferiscono usare navi più grosse e pesanti. Sanno orientarsi con il sole e con le stelle. Si dice che abbiano navigato fino in America!

# UN VILLAGGIO DEL MEDIOEVO

I contadini vivevano vicino al castello. La terra che coltivavano apparteneva al signore al quale consegnavano una parte del raccolto.

# I PRIMI CASTELLI FORTIFICATI

All'inizio del Medioevo, i signori hanno costruito delle torri di legno. Poi hanno usato la pietra per innalzare bastioni e torrioni.

La torre di legno viene costruita su un'altura vicino a un corso d'acqua. È circondata da alti steccati sempre di legno. Tutt'intorno si scavano fossati che vengono riempiti con l'acqua del fiume. Se arrivano i briganti, i contadini trovano rifugio all'interno delle palizzate.

In seguito il castello si ingrandisce. La palizzata esterna circonda il cortile dove vivono gli animali. La torre dove abitano il signore e la sua famiglia si trova dietro la seconda palizzata: è il torrione. In caso di attacco, si toglie la scala che permette di entrare nella torre.

## ALL'ATTACCO DEL CASTELLO!

Trova ciò che usano gli abitanti del castello per difendersi: una caldaia di olio bollente, archi e frecce, lance, asce.

Trova ciò che usano gli attaccanti: una torre su ruote, scudi, frecce infuocate, pietre, scale a pioli.

## LA VITA NEL CASTELLO

I principi e i signori amavano i canti, le danze e i giochi di società… ma anche la caccia e il buon cibo!

Le donne si riuniscono per filare e tessere la lana.

Numerosi servi hanno il compito di cucinare carni e verdure.

Uomini e donne giocano a dama e a scacchi.

I musicisti accompagnano i ballerini che danzano.

I poveri contadini non avevano il diritto di catturare la selvaggina nelle terre dei signori, altrimenti venivano puniti.

Un signore insegue un cervo aiutato dalla sua muta di cani. Un altro lancia il suo falcone perché gli riporti selvaggina di piccola taglia.

Un grande banchetto segue la caccia. Il signore mangia in un piatto d'argento. Gli invitati meno importanti appoggiano la carne su una larga fetta di pane, poi gettano gli ossi per terra! A tavola ci si serve del coltello, ma le forchette non esistono ancora.

# I CAVALIERI DEL MEDIOEVO

Quando non erano occupati a fare la guerra, i cavalieri partecipavano a tornei organizzati dai signori nei loro castelli.

Sotto la corazza, il cavaliere porta una cotta di maglia di ferro. Un elmo gli protegge la testa. Le mani sono coperte da guanti di ferro, le manopole, e i piedi da scarpe di metallo chiamate solerette. Anche il corpo e la testa del cavallo sono ingualdrappati.

Il cavaliere presta giuramento: promette fedeltà al suo signore.

I cavalieri si battono corpo a corpo o a cavallo.

## UN TORNEO

I cavalieri montavano cavalli addestrati per la guerra. I più ricchi potevano permettersi di addestrare dei cavalli solo per i tornei.

I cavalieri sono separati da una barriera, la lizza. Vincerà chi riuscirà a mettere a terra l'avversario.

I cavalieri che perdono la gara consegnano al vincitore la loro armatura o anche il loro cavallo. E a volte ciò rappresenta tutta la loro fortuna… Anche il signore offrirà una bella ricompensa al vincitore.

# UNA CITTÀ DEL MEDIOEVO

Le città del Medioevo sono spesso costruite sulle rive dei fiumi. Sono circondate da mura a strapiombo sui fossati.

Gli abitanti che possedevano una bella casa erano chiamati “borghesi”.
I poveri vivevano nelle soffitte sotto i tetti.

# LE CATTEDRALI

Sono chiese dove celebravano i vescovi. Nel Medioevo tutte le sculture erano dipinte, poi a poco a poco i colori si sono cancellati.

Per molti anni, scultori, scalpellini, carpentieri… lavorano alla costruzione della cattedrale. Più tardi, i pellegrini che verranno a pregare in questa chiesa, ne scorgeranno le guglie a più di dieci chilometri!

All'interno di una cattedrale c'è una luce bellissima. I raggi del sole passano attraverso le vetrate, che sono finestre con vetri di diversi colori. I cristiani imparano le storie della Bibbia osservando le scene rappresentate nelle sculture e sulle vetrate.

# NOTRE-DAME DI PARIGI

Sul sagrato i parigini a volte facevano festa. Ma, al di sopra del portale, le figure dei santi e degli angeli montavano la guardia!

Gli spettatori ascoltano la storia: i buoni andranno in paradiso, mentre i cattivi periranno tra le fiamme dell'inferno in mezzo ai demoni!

# COSTRUISCI ANCHE TU UNA VETRATA

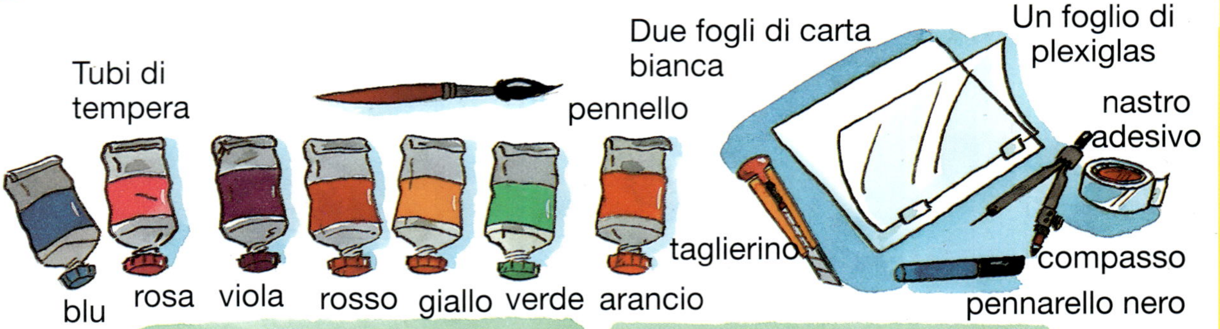

Su un foglio bianco disegna dei rosoni seguendo il modello. Osservalo bene: per autarti, ogni cerchio è stato disegnato in un colore diverso.

Appoggia il plexiglas sul foglio e colora il rosone con il pennello copiando i colori del modello che sta sotto. Quando la pittura è asciutta, con il pennarello disegna sul Plexiglas i contorni.

Ritaglia la forma del rosone sull'altro foglio bianco e incollalo poi sul plexiglas come cornice.

Puoi realizzarne più di uno. Incollali sui vetri della tua finestra, con la luce del sole fanno un bellissimo effetto!

## LE CROCIATE

Il papa disse ai cristiani di cacciare i musulmani che impedivano ai pellegrini di andare in Palestina a pregare sulla tomba di Gesù.

Molti cavalieri, e in seguito anche dei re, partono per la crociata. I soldati sono chiamati "crociati" perché portano una croce sul petto.
I cavalieri cristiani sono armati di lancia e spada:
si battono contro i musulmani che usano la sciabola e il pugnale.

Gerusalemme è conquistata e poi perduta diverse volte. Molti avventurieri in cerca di fortuna si uniscono ai crociati.

## SAN FRANCESCO D'ASSISI

È nato ad Assisi. Suo padre, un ricco mercante di tessuti, aveva sposato Giovanna, una ragazza conosciuta durante i suoi viaggi d'affari in Francia.

Francesco aiuta il padre a vendere i tessuti preziosi sulla piazza di Assisi.

Da giovane conduce una vita spensierata con gli amici e spende molto denaro.

Ma, in seguito a un sogno, si ritira a vivere in povertà e fonda, con dodici amici, l'ordine dei Francescani. San Francesco è il patrono d'Italia.

## MARCO POLO

È nato a Venezia. Suo padre e suo zio facevano frequenti viaggi attraverso tutta l'Asia. Vi compravano prodotti preziosi sconosciuti in Europa.

Il papa gli affida un messaggio per il capo dei Mongoli.

Marco ha diciassette anni. Parte con il padre per la Cina.

Alla corte del Gran Khan, impara la lingua dei Mongoli.

Marco racconta i suoi viaggi nel libro “Il Milione”.

# GIOVANNA D'ARCO

Da cento anni una guerra opponeva i Francesi agli Inglesi. A quel punto una giovane pastorella andò in aiuto del futuro re di Francia.

Mentre custodisce le pecore, Giovanna sente le voci degli angeli e dei santi che le chiedono di partire e di andare a cacciare gli Inglesi dalla Francia. La fanciulla incontra il principe Carlo, che ha fiducia in lei.

Con l'astuzia, Giovanna riesce a liberare la città di Orléans. Poi accompagna il futuro re fino a Reims, dove viene incoronato con il nome di Carlo VII. Ma ben presto Giovanna è fatta prigioniera e consegnata agli Inglesi. Morirà bruciata sul rogo.

# IL RINASCIMENTO

# IL LIBRO STAMPATO

Gutenberg ha inventato la stampa: ha pensato di fabbricare dei caratteri di piombo, di ricoprirli con l'inchiostro e di premerli sulla carta.

L'operaio riempie il setaccio (a) con pasta di cellulosa. Vuole ottenere un bel foglio sottile e bianco. Presserà la pasta per far uscire l'acqua, poi la farà asciugare. Nella cornice di legno, le lettere di piombo sono allineate e ben serrate l'una contro l'altra per formare le parole.

Con la pressa (a) l'operaio ha pressato molto forte il foglio di carta contro le lettere di piombo ricoperte d'inchiostro (b). Le parole sono stampate sul foglio (c).

## CRISTOFORO COLOMBO IN AMERICA

A quell'epoca gli scienziati pensavano che la Terra fosse rotonda. Cristoforo Colombo decise di andare in India... attraversando l'oceano Atlantico.

Il re e la regina di Spagna gli danno tre caravelle: la Santa Maria, la Pinta e la Nina.
I marinai sperano di trovare l'oro, ma hanno paura: il viaggio dura più a lungo del previsto. Cristoforo Colombo si orienta osservando le stelle.

Il 12 ottobre 1492, Cristoforo Colombo sbarca su un'isola. Gli abitanti lo accolgono bene, ma i marinai sono delusi: non trovano oro!
Cristoforo Colombo comprende di non essere giunto in India, ma di avere scoperto un nuovo continente che si chiamerà America.

## GLI ESPLORATORI

Anche gli Spagnoli partono per esplorare e conquistare l'America. Cortès arriva in Messico e Pizzarro nell'America del Sud.

Quando vedono Cortès, gli Aztechi pensano che si tratti di un dio.
Molti muoiono di malattia: non resistono al morbillo e al vaiolo, malattie portate dagli Europei. Aiutato da alcuni abitanti del Messico, Cortès attaccherà una grande città azteca.

Gli Incas vivono sulle alte montagne della Cordigliera delle Ande.
Costruiscono grandi città, come quella di Machu Picchu.
Chiamano il loro imperatore "figlio del dio Sole". Ma Pizzarro li fa uccidere, ed è la fine dell'impero inca.

# I SIGNORI DEL RINASCIMENTO

I signori del rinascimento conducevano una vita molto piacevole. Aprezzavano i cibi raffinati e gli abiti eleganti.

I loro palazzi, in cui si fanno feste e banchetti sono arredati con grande gusto: mobili bellissimi, tappeti preziosi, arazzi alle pareti.

I signori e le loro mogli indossano abiti preziosi.

I ricchi temono di venire assaliti dai briganti.

## I CAPITANI DI VENTURA

Sono comandanti di eserciti mercenari pronti a combattere per i principi che li pagano meglio. Esercitano sui loro soldati un potere illimitato.

I più famosi sono: Giovanni dalle Bande nere, Braccio da Montone, il Gattamelata, Bartolomeo Colleoni.

Alcuni determinano il successo politico del principe per il quale combattono.

Altri, come Francesco Sforza, riescono addirittura a costituire una signoria propria.

# LORENZO IL MAGNIFICO

Signore di Firenze, Lorenzo de' Medici, detto il Magnifico, è stato considerato il principe ideale del Rinascimento italiano.

Non solo è un abile politico ma anche un protettore delle arti.

Grande mecenate, offre ospitalità e protezione a pittori e poeti.

Alla sua corte principesca, come nelle altre corti rinascimentali, il tempo trascorre tra banchetti, danze, feste e spettacoli.

## FRANCESCO SFORZA

Capitano di ventura al servizio di Filippo Maria Visconti, duca di Milano, ne sposò la figlia Bianca Maria.

Alla morte del suocero, diventa signore di Milano con il titolo di duca.

È un grande uomo politico. Si allea con il re di Francia Luigi XI.

Dà in moglie la figlia Ippolita ad Alfonso d'Aragona.

Amplia il Castello Sforzesco e ne fa uno dei più bei monumenti di Milano.

# MICHELANGELO

Pittore, scultore, architetto e poeta è stato uno dei più grandi e più completi artisti del Rinascimento italiano.

Michelangelo lavora a Firenze per i Medici: il David, è una delle più belle sculture dell'artista.

Lavora anche a Roma per il papa: è l'architetto della cupola di San Pietro e scolpisce la celebre statua del Mosé.

Il papa lo incarica di dipingere nella cappella Sistina gli splendidi affreschi che rappresentano le storie della Bibbia e il Giudizio universale.

# LEONARDO DA VINCI

Geniale scienziato, inventore, architetto, Leonardo fu anche un grande pittore.

Leonardo da Vinci ha dipinto il ritratto di una dama, Monna Lisa, soprannominata “la Gioconda” perché suo marito si chiamava Francesco del Giocondo. Questo quadro è il più celebre del mondo e si trova al museo del Louvre.

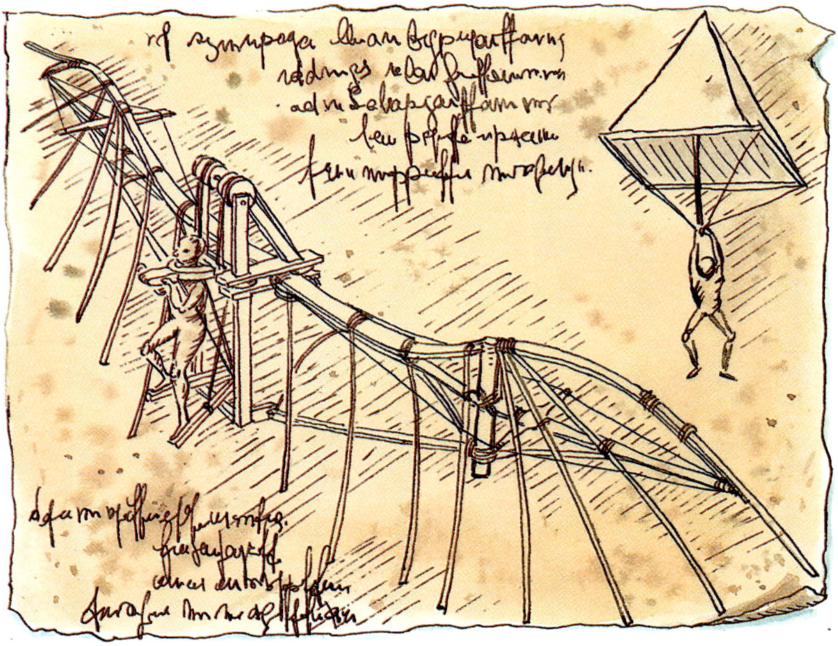

Leonardo da Vinci ha immaginato numerosi oggetti: il paracadute, il giubbotto di salvataggio, la macchina volante… Non li ha realizzati. Ci rimangono i suoi scritti e i suoi disegni, per esempio quello di un uomo al quale sono state fissate delle ali.

# I SAMURAI

Questi cavalieri giapponesi erano al servizio del capo della spedizione, lo “shogun”. I loro figli seguivano le lezioni di un maestro in una scuola d’armi.

Sugli stendardi è riprodotta l’insegna di ogni clan.

Solo, in mezzo alla natura, il giovane samurai impara a sopravvivere.

I giovani si allenano a maneggiare la sciabola, l’arco o il bastone.

I ricchi guerrieri portano armature superbamente decorate.

I ricchi samurai possedevano un proprio esercito e vasti territori nei quali i contadini coltivavano il riso.

I samurai più potenti, i daimyos, fanno edificare grandi castelli vicino ai quali i soldati costruiscono le loro case.

A volte i daimyos si fanno guerra fra loro. Contadini e artigiani si rifugiano allora nel castello con le loro famiglie.

# DA CARLO V ALLA RIVOLUZIONE FRANCESE

# CARLO V

Carlo V, grande re e imperatore, regnava sulla Spagna, le Fiandre, la Germania, l'Italia meridionale e la Sicilia.

Carlo V conquista anche il ducato di Milano. La dominazione spagnola sull'Italia settentrionale dura per tutto il Seicento.

Carlo V afferma che i suoi territori sono talmente estesi che il sole non vi tramonta mai.

Anche le colonie d'America fanno parte dei suoi possedimenti.

# LA PESTE A MILANO

Nel '600 a Milano scoppiò una grande epidemia di peste che causò la morte di quasi 200 000 persone.

La peste di Milano è descritta nel romanzo di Alessandro Manzoni intitolato "I Promessi Sposi".

La gente crede che gli "untori" diffondano questa malattia con veleni che spalmano sulle porte delle case.

Per evitare che trasmettano il contagio agli altri abitanti, gli ammalati di peste vengono rinchiusi nei lazzaretti, costruiti intorno a un grande cortile interno dove gli appestati sono accolti.

## I PROMESSI SPOSI

Sono i protagonisti del romanzo di Alessandro Manzoni. La vicenda si svolge in Lombardia, durante la dominazione spagnola.

Un signorotto prepotente ordina a don Abbondio di non celebrare il matrimonio tra Renzo e Lucia.

I due fidanzati, aiutati da fra Cristoforo, riescono a fuggire, ma devono separarsi.

Dopo lunghe peripezie Renzo ritrova finalmente Lucia, che è guarita dalla peste, e i due innamorati riescono a sposarsi.

## LA COMMEDIA DELL'ARTE

È il nome dato al teatro delle maschere che fiorì in Italia in questo periodo. Gli attori non recitavano a memoria, ma improvvisavano seguendo una traccia che indicava l'argomento delle scene.

I comici dell'arte rappresentano le loro opere in tutti i paesi d'Europa e influenzano la nascita dei teatri nazionali. In Francia nasce, nello stesso periodo la Comédie Française, dove recitò Molière.

Le maschere più conosciute della Commedia dell'Arte sono: Arlecchino, Colombina, Corallina, Brighella, Pantalone…

# AL TEMPO DEI MOSCHETTIERI

Il moschettiere aveva una  tunica azzurra decorata con una croce bianca e un cappello con un grande pennacchio. Portava sempre la spada.

Quando fa la guerra, il moschettiere usa un fucile che si chiama "moschetto". Prima di accendere la miccia lo appoggia su una forcella.

I moschettieri fanno parte dell'esercito del re di Francia Luigi XIII. Hanno l'incarico di proteggere il re e di mantenere l'ordine a Parigi.

## IL RE LUIGI XIV A VERSAILLES

Luigi XIV ha fatto costruire un immenso palazzo circondato da splendidi giardini. I nobili del regno sognavano di vivere alla corte del re.

Luigi XIV ha chiamato i migliori architetti e giardinieri. Ecco il palazzo come era alla sua morte. I lavori sono durati quarant'anni!

Durante i grandi ricevimenti, soltanto il re tiene il cappello in testa. Il sovrano ama ricevere i visitatori alla sommità dello scalone chiamato "scalone del re".

## LA GIORNATA DEL RE LUIGI XIV

Ogni giorno i cortigiani si affollavano per assistere al risveglio del re e ai suoi pasti. Tutto diventava spettacolo.

Il gran ciambellano apre le cortine del letto e sveglia il re.

Il maestro del guardaroba presenta gli abiti al re.

Dopo la colazione il re passeggia o partecipa a una partita di caccia.

Poi fa visita alla regina e ai suoi figli nel loro appartamento.

# I PIRATI

Erano predoni di mare che attaccavano le navi per rubarne il carico. Quando venivano catturati, erano condannati a morte.

Quando sono vicini alla nave i pirati issano la loro bandiera.

Il capo dei pirati chiede al comandante nemico di arrendersi.

Dopo essersi impadroniti della nave, i pirati si spartiscono il tesoro.

I pirati sotterrano segretamente il loro tesoro su un'isola deserta.

# I CORSARI DEL RE

Questi marinai attaccavano tutte le navi nemiche del loro paese. Il re li autorizzava a farlo purché gli consegnassero una parte del bottino.

I corsari bombardano la grande nave spagnola. I marinai non saranno più in grado di governare la nave e verranno fatti prigionieri.

Il famoso corsaro Francis Drake è ammiraglio della Marina inglese.

L'equipaggio spara colpi di cannone e si lancia all'arrembaggio.

# TRASFORMATI IN UN PIRATA

Occorrente: 2 rotoli di carta crespata, 1 rosso e 1 nero – 1 matita da truc
1 T- shirt a righe bianche e blu – 1 paio di pantaloni – 1 pezzo di corda abbastan
lungo per fare il giro della cintura e della testa.

Infilati la T-shirt. Metti i pantaloni, rimboccali alla cintura e legali con la corda. Rimbocca anche la parte bassa delle gambe fin sotto il ginocchio.

A) Disegnati sulla guancia lo sfregio e la barba con la matita nera.

C) Il foulard

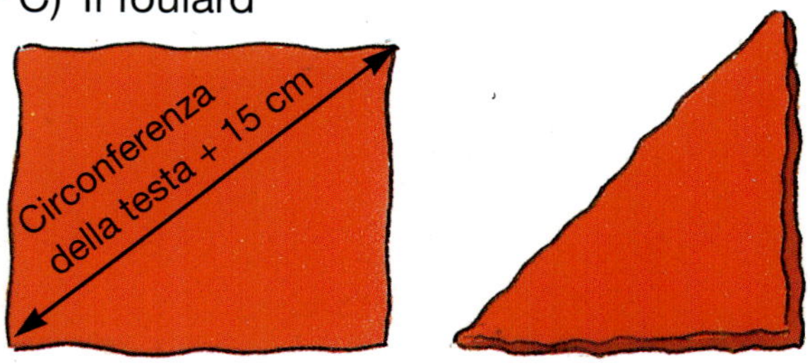


Ritaglia un rettangolo di carta crespata rossa seguendo le indicazioni del disegno e piegalo a triangolo.

B) Chiedi a un adulto di disegnarti sul braccio questo teschio, simbolo dei pirati, sempre con la matita nera.

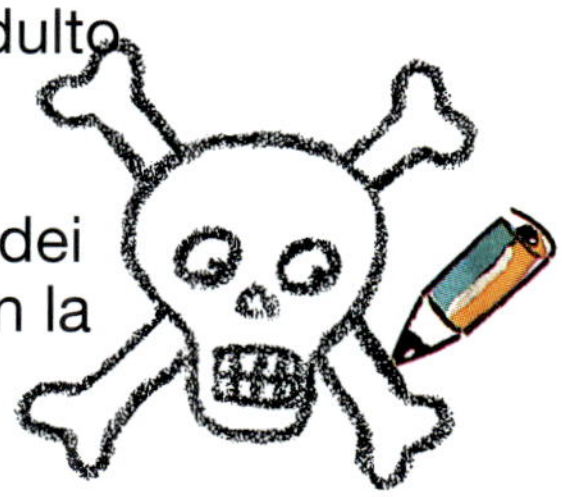

Metti il foulard sulla testa e annodalo.

D) Ritaglia un rettangolo di carta crespata nera di 6 x 12 cm. Piegalo in due e disegna un cerchio che poi ritaglierai in doppio lasciando unito un piccolo tratto come nella figura. Inserisci la corda e incolla i due cerchi.

Ecco la tenuta ideale per un pirata!

## LA PRESA DELLA BASTIGLIA

Nel luglio 1789 la collera dilagava a Parigi e una parte degli abitanti della capitale incominciò ad agitarsi.

Il 14 luglio scoppia la rivolta. Gli insorti trovano armi e munizioni nei sotterranei della Bastiglia, un'antica prigione. I guardiani aprono le porte.

Il giorno seguente gli insorti distruggono la Bastiglia fino all'ultima pietra. Da allora, ogni anno i Francesi festeggiano il 14 luglio.

## IL RE RIENTRA A PARIGI

I rivoluzionari si recarono poi al castello di Versailles e chiesero al re di trasferirsi di nuovo a Parigi.

Il re accetta di lasciare Versailles e di ritornare nella capitale. Abiterà con la sua famiglia nel palazzo delle Tuileries.

Poiché il re ha fatto distribuire della farina, lui, la regina e il principe ereditario vengono soprannominati “il fornaio, la fornaia e il garzone”.

## GLI ULTIMI GIORNI DEL RE LUIGI XVI

Il re si trovava sotto stretta sorveglianza. Si temeva che chiedesse ai principi stranieri di accorrere in suo aiuto con i loro eserciti.

Il re fugge. Ma viene riconosciuto a Varennes e ricondotto a Parigi sotto scorta. I rivoluzionari si sentono traditi e non hanno più nessuna fiducia in lui.

A Varennes, la regina ha avuto molta paura. Si racconta che i suoi capelli biondi sono diventati tutti bianchi!

Il re è accusato di non accettare la Rivoluzione e viene condannato a morte. Anche la regina morirà sulla ghigliottina.

# I SECOLI XIX E XX

## NAPOLEONE BONAPARTE

È nato in Corsica e, nonostante la sua piccola statura, ha sempre dato prova di grande coraggio. Dopo la Rivoluzione, divenne un grande capo militare.

Diventato generale, Bonaparte riporta numerose vittorie e prende il potere. Napoleone è consacrato imperatore dei Francesi e incorona sua moglie che diventa così l'imperatrice Giuseppina.

## LA GRANDE ARMATA

Napoleone voleva ingrandire il suo impero. Aveva bisogno di numerosi soldati e li arruolò. Viveva con loro nell'accampamento e li incoraggiava.

I carri vengono riempiti di vettovaglie e di paglia.

I fanti si spostano a piedi, con lo zaino in spalla.

La paglia servirà come letto per i soldati e… per i cavalli.

I cannoni sono trasportati su carri trainati da cavalli.

Napoleone è seguito dagli ufficiali e dalla sua Guardia.

## IN AMERICA, GLI INDIANI DELLE PIANURE

Prima dell'arrivo dei "bianchi", montavano le loro tende (chiamate "tepee") non lontano dai branchi di bisonti e li seguivano nei loro spostamenti.

Gli uomini partono per la caccia. Uccidono i bisonti con le frecce o con le lance. Più tardi si serviranno dei fucili dei bianchi. Fin da piccoli, i bambini imparano dal padre a tirare con l'arco e a montare a cavallo.

La pelle dei bisonti serve per costruire i tepee, le canoe e gli abiti. La carne si mangia subito o si mette a seccare per conservarla per l'inverno.
Le ragazze imparano a cucinare e a preparare le pelli imitando le madri, le "squaw".

## LA CONQUISTA DEL WEST

I bianchi volevano per sé le terre degli indiani e si servivano delle armi da fuoco per cacciarli dai loro territori.

I pionieri viaggiano su carri trainati da buoi. E portano con sé tutti i loro beni: attrezzi, mobili, cibo. Vanno verso Ovest, dove sperano di trovare buone terre da coltivare.

I bianchi uccidono i bisonti. Gli indiani si battono per conservare le loro terre e gli animali che costituiscono il loro nutrimento. Ma ben presto, vinti dalla guerra e dalle malattie, vivranno prigionieri nelle riserve istituite sulle terre più povere.

## L'ITALIA NELL'OTTOCENTO

Dopo la caduta di Napoleone, l'Italia si presenta divisa in tanti piccoli stati governati da sovrani diversi.

La Lombardia e il Veneto sono governati direttamente dall'Austria.

Il Regno delle due Sicilie è governato dai Borboni, appoggiati dall'Austria.

Indipendenti dal dominio austriaco sono soltanto il Regno di Sardegna, governato dai Savoia, e lo Stato Pontificio, governato dal Papa.

## LE SOCIETÀ SEGRETE

Gli italiani volevano una nazione con un solo sovrano. Ma non potevano esprimere liberamente le loro idee: ecco perché, verso il 1820, sono nate in tutta Italia le "società segrete".

La più nota è la Carboneria: i "Carbonari", per non essere scoperti dalla polizia, fingono di essere carbonai dei quali adottano il modo di parlare.

Un'altra società segreta, fondata da Giuseppe Mazzini, è la Giovine Italia, che si rivolge soprattutto ai giovani. Mazzini è un precursore dell'unità europea: fonda infatti anche la "Giovine Europa".

# I MOTI

Nella prima parte del XIX secolo, in parecchi stati d'Italia scoppiarono rivolte chiamate "moti".

I principali moti hanno luogo in Piemonte, a Napoli, nell'Italia centrale e a Milano.

I governi reprimono brutalmente queste rivolte e imprigionano i partecipanti.

Durante le "Cinque giornate di Milano" i cittadini innalzano barricate nelle strade.

L'inno nazionale italiano " Fratelli d'Italia" è composto in questo periodo dal poeta patriota Goffredo Mameli.

## I SAVOIA E L'UNITÀ D' ITALIA

Grazie alla loro intraprendenza, soprattutto militare, i Savoia hanno un ruolo determinante nell'attuazione dell'unità d'Italia.

Numerosi volontari, provenienti da tutte le regioni d'Italia, si uniscono all'esercito piemontese e combattono.

Vittorio Emanuele II di Savoia entra in Milano con l'alleato Napoleone III, imperatore dei francesi.

Nel 1861 Vittorio Emanuele II proclama il Regno d'Italia con capitale provvisoria Torino.

## LA SPEDIZIONE DEI MILLE

È il nome dato alla spedizione guidata da Giuseppe Garibaldi che, nel 1860, sconfisse l'esercito del Regno delle Due Sicilie. I Garibaldini, o "camicie rosse" dal colore dell'uniforme, alla loro partenza da Quarto erano mille.

Garibaldi si imbarca su due navi, il Piemonte e il Lombardo, e sbarca a Marsala, in Sicilia. Con i Garibaldini e con i volontari che si sono uniti a loro, attraversa l'isola, sconfigge l'esercito dei Borboni, ed entra in Palermo.

Garibaldi, con i suoi soldati, attraversa lo Stretto di Messina e arriva in Campania. A Teano incontra il Re Vittorio Emanuele II.

Consegna al re le terre conquistate e si ritira nell'isola di Caprera, rifiutando ogni compenso.

## LE OLIMPIADI

Nel 1896, i Giochi Olimpici si svolgono ad Atene. Lo stadio ricorda quello di Olimpia, la città dove si svolgevano i Giochi dell'antica Grecia.

Pierre de Coubertin ha l'idea di organizzare di nuovo i Giochi olimpici. I cinque anelli intrecciati rappresentano i cinque continenti.

I migliori atleti di diversi paesi sono invitati ad affrontarsi, pur mantenendo lo spirito sportivo; l'essenziale è partecipare.
La fiaccola giunge dalla città di Olimpia e serve ad accendere il braciere dove la fiamma arderà per tutta la durata dei Giochi.

## IN UN VILLAGGIO DI 100 ANNI FA

La scuola comunale era stata istituita da poco. Mentre i bambini ascoltavano il maestro, gli abitanti del villaggio aspettavano il venditore ambulante.

Il venditore ambulante ha camminato molto prima di arrivare al villaggio. Nella sua gerla trasporta carte da gioco, occhiali, carta da lettere... ma soprattutto libri illustrati. Alcuni abitanti del villaggio non sanno leggere. Preferiscono sfogliare i libri che contengono belle illustrazioni.

Ecco la scuola dei ragazzi: maestro e alunni indossano una blusa grigia.

La sera, i bambini aiutano i genitori nei lavori della fattoria.

A quell'epoca i genitori avevano spesso almeno cinque figli, A volte vivevano nella stessa casa dei nonni.

La mamma fa il bucato facendo bollire la biancheria nel pentolone risciacquandola in un grande mastello di legno. La nonna spenna un'oca prima di farla cuocere.

I bimbi vanno a prendere il latte alla fattoria.

Il nonno taglia la legna per l'inverno.

La nonna lavora a maglia e prepara pullover e sciarpe.

## IN CITTÀ

Ogni settimana, i contadini vendevano i loro prodotti al mercato della città. Gli abitanti della città presero l'abitudine di viaggiare in treno.

Una contadina porta i coltelli all'arrotino che li affila perché taglino meglio. Un contadino trasporta i polli per venderli al mercato.

Da poco è stata costruita la stazione: i viaggiatori scendono dai vagoni trainati da una delle prime locomotive a vapore.

## UN GIOVANE MINATORE

Molti bambini abbandonavano molto presto la scuola per andare a lavorare in miniera.

I minatori scendono ogni giorno in fondo alla miniera.

Nella galleria, il cavallo tira un carrello pieno di carbone.

I giovani minatori portano le lampade, si occupano dei cavalli o vanno anche a cercare il carbone in cunicoli molto stretti.

## LA TORRE EIFFEL

Nel 1889, la “signora di ferro” era il monumento più alto del mondo. La torre porta il nome del suo costruttore: l’ingegnere Gustavo Eiffel.

I pilastri sono costruiti su fondamenta molto solide. Gli operai realizzano un vero puzzle con le travi di ferro.

Una volta terminata, la Torre Eiffel ha tre piani.

Le travi metalliche sono fabbricate, assemblate e poi caricate su carri. I cavalli le trasportano fino al cantiere.

I visitatori salgono a piedi lungo le scale o prendono l’ascensore.

# LA PRIMA GUERRA MONDIALE

Per quattro lunghi anni, dal 1914 al 1918 la Francia, la Russia, l'Inghilterra e l'Italia (entrata in guerra nel 1915) combatterono contro la Germania e l'Austria-Ungheria.

È la "guerra di trincea": i soldati scavano dei fossati nei quali vivono al riparo dei colpi dei nemici.

Ferito durante un combattimento, questo soldato è stato riportato in trincea e poi accompagnato a un posto di soccorso dove viene curato.

Gli uomini giovani sono partiti per la guerra. Le donne li sostituiscono: lavorano nelle officine, guidano autobus e tram.

Nel 1917 anche gli Stati Uniti dichiararono guerra alla Germania. I loro soldati giunsero in Europa. Fu la fine della "Grande Guerra".

Le donne scrivono lettere ai soldati per confortarli. Inviano anche pacchi contenenti cibo e coperte.

Ai soldati vengono concesse delle "licenze" per ritornare a casa e vedere i loro familiari. I maestri in pensione sostituiscono i più giovani, partiti per la guerra.

Il 4 novembre 1918 l'Austria firma l'armistizio con l'Italia. L'11 novembre i rappresentanti della Germania sconfitta firmano l'armistizio in un vagone che serve come ufficio al comando francese.

# I PRIMI AEREI POSTALI

Gli ex piloti di guerra trasportavano la posta verso l'Africa o verso l'America. Gli elementi del paesaggio costituivano per loro punti di riferimento.

La corrispondenza viene caricata su un aereo a due posti.

I piloti non sono al riparo né dalla pioggia né dai colpi di sole.

La fusoliera dell'aereo è di acciaio e l'elica è di legno.

I piloti temono che l'aereo precipiti in pieno deserto!

## LE PRIME FERIE PAGATE

È solo nel 1936 che gli operai vengono pagati, per la prima volta, anche durante le vacanze. Possono così partire con la famiglia!

Gli operai non hanno l'automobile. Alcuni attaccano un piccolo rimorchio alla bicicletta o al tandem. Altri prendono il treno: hanno diritto a un biglietto meno caro per il viaggio delle vacanze.

Bambini e genitori spesso vedono per la prima volta il mare e non sanno nuotare. Questo è anche il periodo delle prime colonie dove i bimbi possono approfittare dell'aria buona, anche se le loro famiglie rimangono in città.

# LA SECONDA GUERRA MONDIALE

Hitler era al potere in Germania. Quando, nel 1939, comandò ai suoi eserciti di invadere la Polonia, Inglesi e Francesi gli dichiararono guerra.

Hitler vuole dominare tutto il mondo. È protetto dalle sue guardie, le SS, che gli giurano fedeltà. Arruola un potente esercito, appoggiato dall'aviazione e dai carri armati. La croce uncinata nera che campeggia al centro delle bandiere è il simbolo dei suoi amici del partito nazista.

L'Italia entra in guerra un anno dopo, a fianco della Germania e del Giappone, contro Stati Uniti, Gran Bretagna, Francia e Russia, alleati tra loro.

## LA RESISTENZA

Nel 1943 ebbe inizio la Resistenza. Gruppi di uomini si rifugiarono sulle montagne e per combattere contro i nazisti. L'Italia ruppe l'alleanza con la Germania.

I partecipanti alla Resistenza ascoltano la radio inglese. "Radio Londra" parla ai "partigiani" dei paesi occupati dai Tedeschi.

Un gruppo di partigiani fa deragliare un treno che trasporta soldati tedeschi. Rischiano di farsi prendere dalla polizia tedesca, la Gestapo.

## LA VITA DURANTE LA GUERRA

La vita è difficile per gli abitanti dei paesi in guerra. Manca il carbone per scaldarsi. Per acquistare il pane occorrono le tessere, ma la quantità che si ottiene non è sufficiente.

Questa signora può comprare solo le merci segnate sulla tessera.

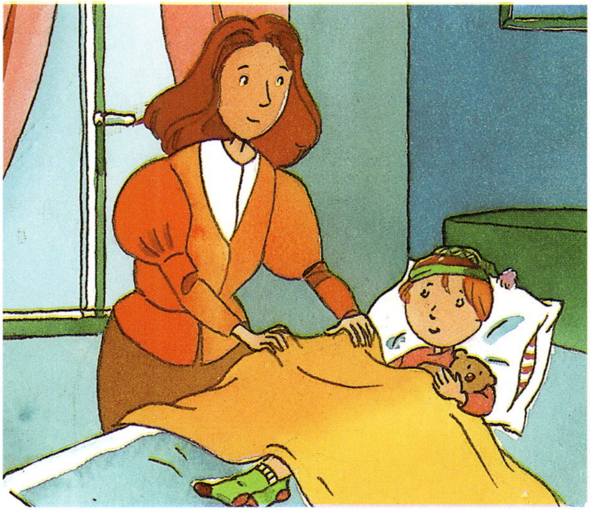

Il bimbo dorme con i calzini e il berretto per stare più caldo.

Gli aerei hanno sganciato molte bombe: la città è distrutta.

Gli Ebrei devono portare una stella gialla per farsi riconoscere.

# 6 GIUGNO 1944: LO SBARCO IN NORMANDIA

I Tedeschi temevano uno sbarco degli Americani e, per proteggersi, costruirono fortificazioni, le blockhaus, lungo le coste.

Il "giorno J" gli Alleati sbarcano sulle spiagge della Normandia, in Francia. Sotto il fuoco dei Tedeschi, migliaia di uomini raggiungono le coste.

I paracadutisti si lanciano dagli aerei. Le truppe alleate riescono a respingere i Tedeschi sia dalla Francia che dall'Italia. È la Liberazione!

## IL MONDO DOPO LA GUERRA

I paesi dell'Est passarono sotto la dominazione dell'Unione sovietica. I paesi occidentali accettarono l'aiuto degli Stati Uniti.

Berlino è bombardata, la Germania è sconfitta. I capi della Gran Bretagna, degli Stati Uniti e dell'URSS si riuniscono per porre fine alla guerra.

La capitale tedesca, Berlino, è divisa in due. Gli abitanti fuggono dalla zona Est, controllata dai Sovietici, per raggiungere i quartieri della zona Ovest, dove sperano di vivere meglio. Per impedire queste fughe, i Russi costruiscono un lunghissimo muro dove stanno di guardia i soldati.

# GLI ANNI DEL DOPOGUERRA

A poco a poco l'elettricità si diffuse in tutte le abitazioni. Le famiglie scoprirono il frigorifero, la lavatrice e… la televisione.

1

2

3

4

5

6

1 – Con la lavatrice non è più necessario strofinare a mano per togliere le macchie.

2 – I giovani indossano i "blue-jeans". È la moda!

3 – La mamma non prepara più le conserve per l'inverno: le compra.

4 – Con la sua chitarra il cantante suona un motivo di "rock'n'roll".

5 – Questo bambino accende il televisore per guardare una trasmissione in bianco e nero.

6 – Questa ragazza ascolta sul suo grammofono un disco a 33 giri.

# I CAMBIAMENTI DEL PAESAGGIO

Gli uomini inventarono nuovi modi di abitare, di lavorare, di viaggiare. Costruirono autostrade e grandi città.

Molte persone comprano la prima automobile. Diventa perciò necessario costruire autostrade per facilitare gli spostamenti.

I contadini, in numero sempre maggiore, abbandonano la campagna per lavorare nell'industria, vicino alle grandi città. Abitano in periferia. Grandi palazzi, chiamati "condomini", vengono costruiti vicino alle villette.

# LA CONQUISTA DELLO SPAZIO

Missili sempre più giganteschi portano nello spazio satelliti, robot e a volte anche uomini!

Per la prima volta un uomo cammina sulla Luna. È l'americano Neil Armstrong, il 21 luglio 1969.

Il missile europeo Ariane decolla dalla Guyana. Porterà dei satelliti in orbita.

I satelliti permettono di trasmettere programmi televisivi e svolgono osservazioni scientifiche sulla Terra.

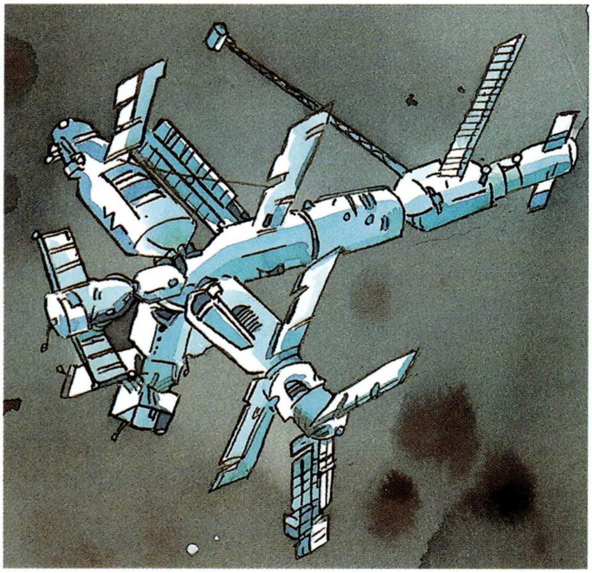

Il vascello spaziale si aggancia alla stazione Mir e gli astronauti si danno il cambio a bordo.

## LA VOLONTÀ DI COSTRUIRE L'EUROPA UNITA

I paesi europei decisero di non farsi mai più la guerra. Ma la Germania era ancora divisa in due blocchi, come la sua capitale, Berlino.

Sei paesi formano il "Mercato comune": Olanda, Belgio. Germania, Lussemburgo, Francia e Italia. Diventa molto facile circolare dall'uno all'altro di questi paesi. I camion con le merci non devono più aspettare ore e ore alle frontiere!

Ventotto anni dopo la costruzione del muro di Berlino, le due Germanie fanno la pace e il muro viene finalmente distrutto. Nella città si fa grande festa. Berlino ritorna ad essere la capitale di tutta la Germania.

## UNA NUOVA MONETA, L'EURO!

Nei loro portafogli, gli Italiani hanno le lire, i Francesi i franchi, i Tedeschi i marchi… Fra poco, tutti avranno gli euro.

Quando viaggeremo nei paesi che hanno adottato la nuova moneta, useremo tutti le stesse banconote e le stesse monetine. Fino ad oggi, bisognava fare il cambio, che richiedeva molti calcoli.

Su questa banconota, la parola "euro" è scritta sia nell'alfabeto latino sia in quello greco. La bandiera azzurra con le dodici stelle è il simbolo dell'Europa. Su una faccia della banconota, ogni paese metterà un disegno che lo rappresenta. Sull'altra ci sarà la carta dell'Europa.

# INDICE

LA PREISTORIA . . . . . . . . . . . . . . . . . . . . . . . 7

L'ANTICHITÀ . . . . . . . . . . . . . . . . . . . . . . . . . 11

IL MEDIOEVO . . . . . . . . . . . . . . . . . . . . . . . . . 49

IL RINASCIMENTO . . . . . . . . . . . . . . . . . . . . 71

DA CARLO V
ALLA RIVOLUZIONE FRANCESE . . . . . . . . . . . . . 83

XIX E XX SECOLO . . . . . . . . . . . . . . . . . . . . . . 99

NOVE
PEACE